사랑하는

_____ 에게

신기한 겨자씨 이야기

어? 언제 이만큼 자랐지?

글 에이미 – 질 르바인·샌디 아이젠버그 사쏘
그림 마고 메강크

한국장로교출판사

The Marvelous Mustard Seed

English Edition © 2018 Amy-Jill Levine and Sandy Eisenberg Sasso

Illustrations © 2018 Margaux Meganck

Korean Edition © 2019 by Publishing House The Presbyterian Church of Korea

신기한 겨자씨 이야기

어? 언제 이만큼 자랐지?

한국장로교출판사

두 아이가 씨앗 하나를 심고 있어.
이건 그다지 특별할 것 없는
작은 겨자 씨앗이야.

겨자씨가 궁금하다고?
그렇다면 정말 주의 깊게 살펴봐야 해.
너무 작아서 잘 안 보이거든.

아주아주 가까이 다가가야 볼 수 있어.

그런데 이 조그만 씨앗 하나로 무얼 할 수 있을까?

먹을 수도 없고

머리에 쓸 수도 없고

데리고
산책을 할 수도
없어.

껴안을 수도 없고

글씨를 적을 수도 없고

비누방울을 만들 수도 없지.

하지만

할 수 있는 일이 하나 있어.

그래,
흙 속에 꼭꼭 심는 거야.

비가 내리고,

햇빛이 비치면

그 속에서 무슨 일이 일어나기 시작해.

그런데 꼼짝없이 기다리며

가까이서 보아도

겨자씨

며칠 동안은
아무것도 보이지 않을 거야.

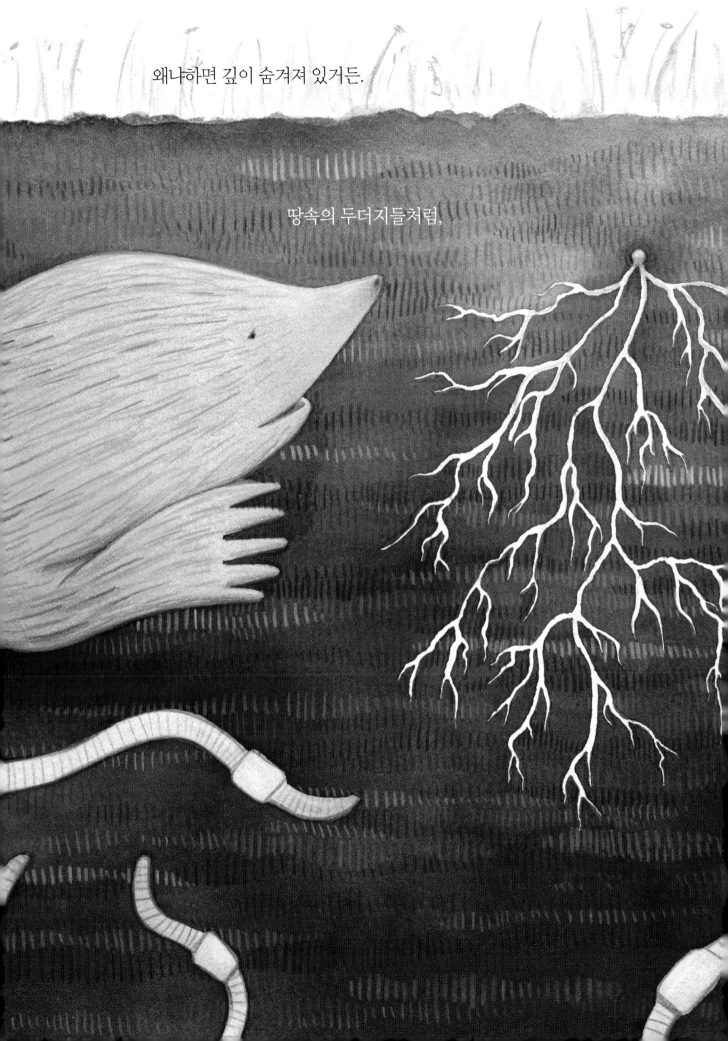

왜냐하면 깊이 숨겨져 있거든.

땅속의 두더지들처럼,

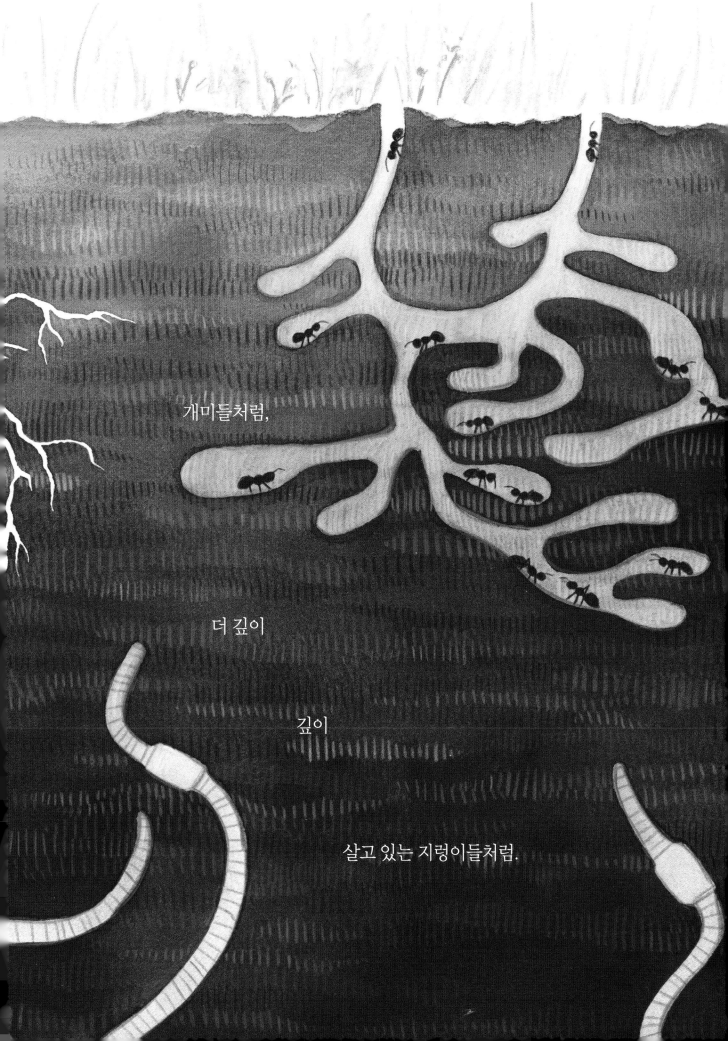

개미들처럼,

더 깊이

깊이

살고 있는 지렁이들처럼.

하지만

아직 끝이 아니야.

땅 위로 싹이 올라왔어!

자라고   자라고

자라고

씨앗은

자라고 **자라고** **자라서**

수풀이 되었어.

그런데 말야.
어디까지 자라는 거지?

자라고

자라고

자라서…

세상에!
거대한 나무가
됐잖아?

새들이 날아와
보금자리를
만들 정도로 커!

나무를 본 사람마다
놀라워했어.

겨자나무는
처음 봐!

놀라워요!

새들이 쉬고
있는 게 보이니?

그러게 말이야.
도토리는 자라고 자라서
커다란 도토리 나무가 되고

향나무 씨앗은 자라고 자라서
두 팔로 껴안을 수 없을 만큼
커다란 향나무가 되고

겨자 씨앗은
늘
작은 수풀로만
자라거든?

하지만
이건 달라.

겨자… 나무라고! 나무!

이젠 가까이 가지 않아도 볼 수 있어.
어디에 있든지 볼 수 있어.

바로 너의 앞에 있거든.

도저히 믿을 수 없어서
이 나무가 진짜인지
만져 보는 사람도 있어.

또 어떤 사람은 등을 대고
나무의 체온을
느껴 보기도 해.

아!
겨자나무에 열린
열매로 할 수 있는 게 있어.

씨앗을 빼고,
양념을 만드는 거야.

잎사귀와 씨앗으로는
약을 만들고.

양념과 약은 모든 사람에게 도움이 되는 거야.

그런데 그거 아니?
하나님 나라,
그리고 하나님이 하시는 일은
바로 이 겨자 나무와 같아.

작고 작은 겨자씨가
점 점 **자라나고**

상상도 못했던
놀라운 모습으로
커지지.

누구도 예상하지 못한 신기한 일이 일어나는 거야.

사람들은 겨자 나무를 볼 때마다 깜짝 놀라곤 해.
그리고 우리에게 일어날 놀라운 일을 기대하지.

우린 아직
어떤 일이 일어날지
알 수 없지만…

그건 바로
하나님이 하실 거야!

부모님과 선생님을 위한 글

"비유"(parable)라는 말은 '나란히 놓다'(para)와 '던지다'(balo)라는 두 헬라어의 합성어로, 이야기와 우리의 삶을 나란히 두고 찬찬히 생각해 보았을 때, 새로운 것들을 깨닫게 합니다. 즉, 비유란 단순한 비교를 넘어서서 평소 생각해 보지 못했던 것들을 상상해 보게 하고, 지금 우리의 삶의 자리에서 어떻게 하면 더 나은 삶을 살 수 있을지 고민하게 하는 이야기인 것이죠.

겨자씨 비유는 신약성서의 마태복음(13 : 31-32), 마가복음(4 : 30-32), 누가복음(13 : 18-19)에 나오는데, 각 복음서마다 조금씩 다른 단어와 표현들로 소개하고 있어 각각의 이야기들은 우리가 여러 가지 시각을 갖게 합니다. 특히, 우리 어린 자녀들은 이 비유를 통해 어른들은 보지 못하는 더 많은 것들을 상상하게 될 것입니다.

기독교 전통 안에서 이 비유는 여러 가지로 해석됩니다. 누군가는 작은 씨앗과 큰 나무 사이의 대조가 한 사람의 믿음과 교회의 기적적인 성장을 가리킨다고 합니다. 또 다른 사람은 볼품없어 보이는 씨앗이 거대한 나무로 자라는 이야기를 통해 격려의 메시지를 얻기도 합니다.

예수님은 또한 산을 움직일 수 있는 '겨자씨만 한 믿음'을 이야기하신 적도 있습니다(마 17 : 20 ; 눅 17 : 6 참조). 겨자씨앗이 거대한 나무가 아닌 작은 수풀과에 속한 식물이기에 적합한 비유가 되었을 것입니다.

겨자씨앗의 이 모든 특성을 참고하여 성경 해석자들은 우리가 장차 영광 가운데 누릴 부활과 영원한 삶에 대해 이야기하기도 하고, 겨자나무에 깃든 새들을 교회로 몰려드는 이방 민족들로 해석하기도 합니다. 더 실제적인 의미로는, 겨자가 음식 재료뿐만 아니라 약으로도 사용되는 것에 빗대어 잡초 같아 보이는 작은 존재도 이로울 수 있다고 해석하기도 합니다. 지난 2천 년 동안 전개된 이 해석들은 모두 그 나름의 의미가 있습니다.

이 책에서는 기존의 바람직한 해석들과 예수님 당시 청중들이 이해했을 법한 내용에 새로운 이해를 더해 보려 했습니다. 예수님은 비유로 수수께끼 내는 것을 좋아하셨는데 청중들이 당장 그 수수께끼를 풀기는 어려웠을 것입니다. 그들은 아직 그 씨앗이 믿음과 복음 또는 그리스도를 뜻한다고 생각할 수 없었을 테니까요. 또한 겨자나무가 교회이고, 새들이 이방인이라고 생각할 수도 없었을 것입니다.

비유란 단순한 우화가 아닙니다. 비유 이야기의 모든 요소에는 비밀이 담겨 있고, 비유는 우리의 상상력을 열어 줍니다. 비유는 곧 '정신을 일깨워 무의미하고 단조로운 일상을 떠나 하나님이 전부 되시는 새로운 세계로 들어가라'고 촉구하시는 예수님의 가르침입니다.

부모님과 선생님 역시 아래 질문들을 참고하여 상상력을 마음껏 발휘하며 아이들과 함께 이야기를 읽어 보세요.

> "
> - 당신은 이야기 속 모든 식물, 동물, 사람 등 등장하는 모든 것의 입장이 될 수 있어요.
> - 씨앗을 심는다는 것은 우리 삶의 어떤 행동을 상징할까요?
> - 아무도 그것을 심지 않으면 어떻게 될까요?
> - 겨자씨를 심는 수고와 같이 내가 계속하는 작은 노력이 있나요?
> - 싹이 트는 걸 얼마나 기다려야 할까요?
> - 과연 그것은 수풀이나 꽃, 작은 나무가 아닌, 거대한 나무로 자랄 수 있을까요?
> - 과연 우리가 심은 겨자씨가 다른 사람의 집이나 새들의 보금자리가 되고, 사람들이 이 나무에서 약이나 음식 재료를 구할 수 있을까요?
> - 당신은 겨자씨를 심는 아이들을 흐뭇하게 바라볼 수 있나요?
> "

그렇습니다. 당신도, 우리 어린 자녀들도 이야기 속의 겨자씨앗일 수 있습니다. 너무 작아서 아무도 기대하지 않는 사람일지 모릅니다. 아무도 여러분이 위대한 무언가를 이룰 수 있다고 생각하지 않을 수도 있을 거예요. 특히 우리 자녀들은 아직 너무 작고 연약하니까요.

그러나 이 책은 그 작고 작은 존재 안에 '하나님이 일하신다'는 것을 기억하게 합니다. 겨자씨는 이미 그 안에 미래를 담고 있습니다. 하나님은 작은 일을 통해 큰 결과를 이루시는 분입니다. 일상의 작은 행동과 노력 안에서 하나님은 일하십니다.

기억하세요. 작은 수풀과에 속한 이야기 속의 겨자씨앗은 수풀이 아닌, 거목으로 자라났습니다. 기다리세요. 하나님이 일하시기 시작하면 아무도 막을 수 없습니다. 그리고 믿으세요. 멋지고 아름답고 놀라운 일은 바로 여러분의 뒷마당, 창가 화분, 또는 여러분이 작은 씨앗 하나를 심은 흙으로 가득 찬 종이컵 안에서 시작될 것입니다. 우리가 제한하지 않는 한 하나님의 모든 가능성이 우리와 우리 자녀들 곁에 있을 것입니다.

글쓴이
에이미 – 질 르바인(Amy – Jill Levine)
그녀는 Mary Jane Werthan 재단 산하에서 유대학을 가르치고 있으며, 밴더빌트 대학교에서 신약학을 가르치고 있다. 비유와 관련하여 더 자세한 사항은 그녀의 책 *Short Stories by Jesus : The Enigmatic Parables of a Controversial Rabbi* (New York : HarperOne, 2014)를 참고하기 바란다.

샌디 아이젠버그 사쏘(Sandy Eisenberg Sasso)
그녀는 벧엘 지덱 회당의 명예 랍비로서 『어? 하나는 어디 있지?』로 번역된 *Who Counts? – 100 Sheep, 10 Coins, and 2 Sons*(with Amy–Jill Levine)를 포함하여, 아동도서 부문에서 다수의 수상 경력을 가지고 있다. 다른 저서로는 *Midrash – Reading the Bible with Question Marks*(Brewster, MA : Paraclete Press, 2013)가 있다.

그린이
마고 메강크(Margaux Meganck)
그녀는 오리건 주 포틀랜드에서 프리랜서 아동도서 삽화가로 일하고 있으며, 아동도서 작가, 삽화가 협회의 회원으로 소속되어 있다. 다음의 사이트에서 그녀의 작품을 더 볼 수 있다.
www.margauxmeganck.com

초판인쇄	2019년 1월 10일
초판발행	2019년 1월 20일
글 쓴 이	에이미 – 질 르바인, 샌디 아이젠버그 사쏘
그 린 이	마고 메강크
편 집 장	정현선
교정 · 교열	이슬기, 김효진
본문 편집	남충우
업무부장	박호애
영업부장	박창원
펴 낸 이	채형욱
펴 낸 곳	한국장로교출판사
주 소	03129 / 서울 종로구 대학로 19, 409호(연지동, 한국기독교회관)
전 화	(02) 741-4381 / 팩스 (02) 741-7886
영 업 국	(031) 944-4340 / 팩스 (031) 944-2623
등 록	No. 1-84(1951. 8. 3.)
I S B N	978-89-398-4336-3 / Printed in Korea

값 10,000원